AF596777

LA COMÉDIADE,

OU

LE RIDEAU RELEVÉ.

LA COMÉDIADE,

OU

LE RIDEAU RELEVÉ,

LETTRE TRAGI-COMICO-CRITIQUE ET IMPARTIALE, A L'AUTEUR DU RIDEAU LEVÉ;

PAR M. DE CONTRE-FÉRULE.

> Le mal qu'on dit d'autrui ne produit que du mal.
> BOILEAU.

A PARIS,

CHEZ
Mme GOULLET, libraire, Palais-Royal, galerie de bois, n° 259.
Mme Ve H. PERRONNEAU, quai des Augustins, n° 39.

1818.

DE L'IMPRIMERIE DE Mme Ve H. PERRONNEAU,
quai des Augustins, n° 39.

LA COMÉDIADE,

OU

LE RIDEAU RELEVÉ,

LETTRE TRAGI-COMICO-CRITIQUE

ET IMPARTIALE,

A L'AUTEUR DU RIDEAU LEVÉ.

Vous avez levé votre rideau, Monsieur, et les grands théâtres reçoivent de vous un nouveau jour. Mais, comme le soleil qui brûle et qui dessèche sous la ligne équinoxiale, vous mettez en feu le terrain que vous éclairez. Il n'est plus possible de tenir dans les coulisses : on menace, on jure, on s'évanouit. On vous qualifie du nom de persécuteur des talens, d'opprobre de la nation. Toute la gent théâtrale se réunit contre vous, même la classe peu nombreuse que vous avez louée : car personne ne veut de vos louanges. Vous êtes bien heureux qu'on ne se batte plus pour les dames, comme au temps de la haute chevalerie ; combien de héros, armés de pied en cap, viendraient défendre, à la vie, à la mort, l'honneur de leurs princesses, de ces dames que vous outragez avec tant d'impunité. Votre férule ne pourrait point tenir contre leurs lances. Vous vous trouveriez dans la cruelle alternative, ou de perdre la vie, ou de vous rétracter, en déclarant vos critiques sottes et calomnieuses; et vous choisiriez peut-être ce dernier parti. Heureusement nous ne sommes plus dans ces siècles de barbarie où régnaient des usages si incommodes: le fer des chevaliers ne se brise plus qu'au champ de bataille. Néanmoins je vous conseille de ne point trop vous mettre à découvert; car, au défaut de la lance dont on a cessé de faire usage, quelques malhonnêtes pourraient bien se servir contre vous d'une arme dont le bon monsieur Geoffroy se sentit quelquefois caresser les épaules. Vous savez, Monsieur, à quels excès peut se porter la méchanceté. Il serait vraiment triste qu'un homme de votre mérite et de votre âge fût aussi mal payé de ses travaux, et quels travaux! vous voulez régénérer la scène, la purger de tous les talens médiocres, comme de Talma, de mademoiselle Duchesnoîs, de madame Catalani; empêcher qu'on ne joue les opéras de Guillard, qui ne sont pas des opéras; reléguer dans les cartons les *opérettes* de Grétry; enterrer de nouveau Dalayrac, défendre à M. Étienne de prendre la plume: que sais-je, moi, ce que vous voulez faire de beau et d'admirable? J'ai été édifié de vos raisonnemens et de vos judicieuses réflexions; je suis seulement fâché que votre élocution soit un peu lâche et monotone, que la plupart de vos plaisanteries ressemblent trop à celles des gens d'esprit qui fréquentent les beaux bals de la Courtille, que vos jugemens soient dictés par la passion ou l'erreur. Ces légers défauts sont peu de chose pour un critique; mais, à vous l'avouer entre nous, ils m'ont empêché d'achever la lecture de votre ouvrage. Arrivé à l'Opéra, le sommeil commençait à me prendre sérieusement. C'est avec toutes les peines du monde que je passai au théâtre Feydeau; mais bientôt un peu d'humeur me fit ouvrir les yeux : je ne me trouvai au Théâtre-Italien que fort irrité contre vous; et je finis par rire aux dépens de votre livre, et par m'endormir une seconde fois. Cette catastrophe arriva au moment où vous parliez de MM. Tramezzani et Rosquellas. Vous me regarderez sans doute comme un homme qui ne sait pas vivre avec les critiques, vous n'aurez peut-être pas tort : si vous avez envie de vous mettre en colère, attendez encore un instant, nous allons avoir ensemble des affaires plus sérieuses.

D'après votre manière d'envisager les choses, je gagerais que vous n'êtes point jeune. Si vous avez douze ou quinze lustres, je vous en félicite; c'est un bel âge, mais fort peu propre à faire juger sainement un homme du temps présent. Tout est fade, rebutant, mal fait à ses yeux. Si l'on veut l'en croire, autrefois l'on était plus honnête, plus affable, plus spirituel; les femmes étaient plus belles, l'on dansait mieux, l'on marchait avec plus de grâce, l'on buvait de meilleur vin, l'on mangeait avec plus d'appétit, l'on faisait mieux la cuisine, l'on n'empoisonnait personne, on ne calomniait pas, on ne faisait point d'injustes critiques, on encourageait les talens, enfin tout jadis avait un caractère de grandeur et de perfection auquel le présent ne saurait atteindre. Vous soutenez tout cela, Monsieur, et vous soutenez mieux encore que l'art de la déclamation au théâtre est dans une décadence désespérante. Je veux bien croire qu'au temps des Lekain, des Larive, des Molé, des Préville, des Clairon, des Dumesnil, nous étions mieux partagés qu'aujourd'hui, mais de là faut-il conclure que nous n'avons plus de grands acteurs? Les noms de Talma, de mademoiselle Duchesnois, de mademoiselle Mars, ne pourront-ils figurer à la suite de ceux que je viens de citer? non, vous écriez-vous. Ce cri m'indigne un peu, je l'avoue; et surtout je suis indigné de la manière indécente, injuste et condamnable dont vous traitez mademoiselle Duchesnois. Cette actrice, selon vous, ne sait que chanter et psalmodier, et devrait prendre un engagement avec le directeur de l'Opéra. Quoi! sa sensibilité, sa chaleur, le son enchanteur de sa voix n'ont point fait impression sur votre ame! (supposé que vous en ayez une.) C'est avec des yeux secs et un cœur froid que vous avez entendu retentir les cris passionnés de Phèdre et les douleurs de Mérope! Les imprécations de Camille ne sont, dans la bouche de mademoiselle Duchesnois, que des roucoulemens et des soupirs? Avez-vous assisté à l'une des dernières représentations des Horaces? Nierez-vous que quinze cents personnes roient frémi de terreur à la voix de Camille? Récuserez-vous pour témoignage du grand talent de l'actrice les larmes de toute une assemblée? C'est le vulgaire qui a pleuré, me répondrez-vous encore : il n'y a donc que le vulgaire qui fréquente le Théâtre-Français? C'est le vulgaire qui paie six francs pour se placer aux premières et secondes loges. Ces dames, brillamment parées, font à vos yeux partie du stupide vulgaire. Ah! je vous prie, Monsieur, ne dites point de mal de ces aimables juges; car, si vous les mettez de mon parti, je suis sûr de gagner ma cause.

Si mademoiselle Duchesnois est pour vous un objet de haine et de mépris, mademoiselle Georges obtient tous vos hommages. Vous regrettez beaucoup cette actrice, apparemment parce qu'elle est absente, et que vous la croyez morte pour le siècle présent. Vous vantez surtout sa noblesse, son énergie, sa chaleur. La chaleur de mademoiselle Georges! il est possible que vous l'ayez éprouvée, mais je ne crois pas que ce soit sur le théâtre. Cette dernière actrice a peut-être plus de dignité, d'énergie et de profondeur que sa rivale; cependant je suis loin de la préférer à mademoiselle Duchesnois. Tout chez elle est trop compassé : sa diction est emphatique; elle appelle toujours à son secours les ressources de l'art, et toujours l'art se découvre. Point d'ame, point de sensibilité; son froid glacial tue le spectateur. Quand elle veut produire un effet théâtral, ou jeter un cri passionné, on ne voit plus le personnage de la pièce; c'est une actrice qui répète, avec peine, un mot ou un passage qu'elle a étudié péniblement dans sa chambre. Heureusement pour la scène française le talent de mademoiselle Duchesnois a un caractère tout opposé. A l'exception de ses dons extérieurs, la nature lui a donné tout en partage : elle n'a besoin que d'écouter ses inspirations pour produire l'effet le plus irrésistible. Quelle sensibilité dans tous ses discours ! c'est la douleur, le désespoir, la passion qui parlent par sa bouche. Comparez-la à mademoiselle Georges dans les rôles de Clytemnestre et de Jocaste : quelle différence ! l'une me glace, me gêne en ne cherchant continuellement qu'à m'étonner, et l'autre m'étonne, me fait frémir et pleurer en ne cherchant qu'à toucher mon cœur, ou plutôt en ne consultant que le sien.

La supériorité de talent que j'accorde à mademoiselle Duchesnois ne m'aveugle point sur le mérite de mademoiselle Georges. Comme je l'ai dit plus haut, celle-ci a plus de profondeur, plus de noblesse peut-être que sa rivale. Elle joue avec beaucoup d'intelligence et d'aplomb plusieurs rôles, tels que ceux d'Agrippine, de Cléopâtre et d'Athalie, parce qu'il règne dans ces rôles une profondeur d'intentions, une férocité froide et réfléchie dont le talent de mademoiselle Georges s'accommode parfaitement. La beauté de cette actrice et la majesté de sa taille sont encore pour elle un grand avantage qui éblouit les yeux d'un grand nombre de personnes et fait porter beaucoup de jugemens en sa faveur. J'en conviens franchement, son absence laisse un grand vide au Théâtre-Français et accable mademoiselle Duchesnois d'un travail trop pénible. Comme on l'a dit, elle soutient seule tout le fardeau du sceptre tragique. Les critiques qui veulent l'accabler sous leur férule ne devraient-ils pas se laisser désarmer un peu par son zèle ? S'ils ne veulent point respecter son talent, qu'ils respectent au moins en elle cette ardeur vive et constante qui l'anime au travail, et qui suffirait pour la rendre digne des applaudissemens du public. Ne craignez-vous point, Monsieur, qu'à force de dégoûts, vous ne la forciez à quitter la scène française? Êtes-vous partisan de mesdames Féart et Petit? Voulez-vous qu'elles se parent des dépouilles de mesdemoiselles Georges et Duchesnois ? Voulez-vous les faire siffler par le public ? Vous auriez là vraiment une singulière manière de les protéger. Si vous tenez à ces dames, ne forcez point mademoiselle Duchesnois à se retirer, pour leur laisser une ou deux places vacantes : ce serait leur rendre un mauvais service. Ils vous reste des moyens plus efficaces pour les faire briller, et leur prouver l'intérêt qu'elles vous inspirent.

Après avoir exhalé votre bile sur mademoiselle Duchesnois, vous passez à Talma dont vous n'avez point tant à vous plaindre ; vous le traitez avec moins d'injustice : vous commencez par dire qu'il vaut cent fois et mille fois mieux qu'elle. Sans doute Talma possède un talent plus ferme, plus prononcé, plus sublime; mais je ne puis m'empêcher de vous avertir que vos expressions sont un peu hyperboliques. On ne s'exprimerait pas ainsi en parlant de l'acteur le plus parfait; et cependant vous êtes loin d'attacher la perfection du genre au talent de Talma. Vous trouvez qu'il n'a que de belles parties de talent, qu'il ne brille que dans cinq rôles; qu'après avoir joué *Manlius, Hamlet, OEdipe, Néron* et *Oreste*, il joue *Oreste, Néron, OEdipe, Hamlet* et *Manlius*. Cette plaisanterie n'est pas très-spirituelle, et l'assertion est très-fausse. Talma ne joue-t-il pas avec un grand succès *Coriolan, Macbecht, Abufar, Fayel, Nicomède* et *Rhadamiste*. J'en citerais encore beaucoup d'autres, si plusieurs pièces étaient au courant du répertoire. Il excelle généralement dans toutes les tragédies de Ducis. Il fut un temps où on les jouait presque toutes. Que dirent alors les *croassistes* envieux du mérite? que Talma n'avait qu'un talent très-monotone et très-borné; qu'il ne brillait réellement que dans ces pièces monstrueuses, imitées de *Shakespeare*; qu'il ne savait saisir que l'esprit d'un rôle sombre et uniforme, qu'il était incapable de se soutenir dans les pièces brillantes de nos grands maîtres, où il fallait, pour exceller une diction variée, beaucoup de noblesse, un organe flexible et un goût épuré. Comment Talma répondit-il à ces injures *patelines?* en grand talent. Il ne joua plus les rôles *Shakespeariens*, à l'exception d'Hamlet, et s'adonna tout entier à l'étude de ces rôles brillans dans lesquels on le défiait. On le vit jouer tour à tour *Oreste, Achille, Cinna, Rhadamiste, OEdipe,*

Ninias, *Gengis*, *Nicomède*, *César*, etc. Il arracha des larmes, il fut sublime; il obtint comme auparavant les suffrages de la multitude et l'approbation des connaisseurs. L'envie fut un peu honteuse, mais ne cessa point de

« Verser sur ses lauriers les poisons de sa bouche. »
VOLTAIRE.

Lafon, à votre gré, est un acteur très-estimable : c'est vrai; mais je ne crois pas comme vous qu'il soit enterré tout vif. Si cela était, il me semble qu'il ne pourrait plus jouer que dans un rôle d'ombre. Il est vrai qu'il vient de faire une longue et dangereuse maladie. Le public pouvait croire, sans trop s'écarter de la vraisemblance, qu'il serait enterré par les fanatiques de la faculté ; mais il ne vous appartient pas de dire qu'à cette heure il est enterré par les fanatiques de Talma. Vous savez bien que Lafon est sain et sauf, et que les fanatiques de Talma ne sont point médecins.

Lafon obtient tous les jours beaucoup d'applaudissemens, et peut-être plus qu'il n'en mérite. Il joue avec succès dans quelques rôles. Il ne manque point de noblesse; il a du feu, de la chaleur; mais, s'il faut que je le dise, cet acteur n'étudie point assez ses rôles, il ne fait que les effleurer, quand il doit les approfondir, et ne connaît point l'art de les nuancer. La rapidité de son débit, dont on parle avec tant d'éloges, dégénère souvent en une volubilité de paroles que l'esprit et l'oreille ont peine à suivre. La grandeur dans sa bouche n'est presque toujours que du *fanfaronnage;* il donne rarement à la passion un autre langage que celui de la galanterie. Avec plus de travail et moins de présomption il paraîtrait sur la scène avec plus d'avantage; mais, quoi qu'il fasse, Lafon sera toujours un acteur sans *couleur* (qu'on me pardonne cette expression, elle peint bien ma pensée) et ne pourra jamais balancer les succès de Talma. Cet acteur n'a point son genre de talent, me crie-t-on, vous ne pouvez le comparer avec lui. Talma ne doit son talent à personne; il ne le doit qu'à son génie, et par cela seul est infiniment supérieur à Lafon, sans que, pour s'en convaincre, on prenne la peine de le comparer à cet acteur. Toujours original, Talma s'est créé une manière qu'on a critiquée à la vérité, mais qui, dans quelques rôles, est d'un effet merveilleux. Le mot le plus simple devient sublime dans sa bouche. Sa profondeur et son énergie ont un caractère varié qui diffère selon l'esprit et la couleur du rôle qu'il remplit. Il n'est point certainement le même dans *Hamlet* et dans *Néron*, dans *Manlius* et dans *Oreste*, dans *Coriolan* et dans *Nicomède.* Allez voir Lafon dix fois de suite, vous verrez toujours Lafon et jamais le personnage. On a souvent reproché à Talma d'être lourd et traînant dans les premiers actes d'une tragédie. Ce reproche, quoiqu'injuste et trop amer, doit tourner à sa gloire. Exceptez quelques pièces, la tragédie, dans l'exposition et jusqu'à la formation du nœud, conserve un calme et une gravité qu'un acteur doit rendre scrupuleusement. S'il va dès son entrée déclamer, d'une voix de tonnerre, le vers le plus simple, comme pour dire :

« Je chante le vainqueur des vainqueurs de la terre, »

il pèche contre les règles de l'art et détruit l'illusion de la tragédie dont la chaleur et l'intérêt ne doivent croître que d'une manière progressive, et n'offrir qu'aux derniers actes ce haut degré de force et de véhémence qui saisit le spectateur de si vives émotions. Talma suit les intentions du poëte : il est d'abord calme et grave, il s'échauffe peu à peu, il éclate et ne développe toute la sublimité de son art qu'au moment où l'horreur est à son comble. N'est-ce point ainsi qu'il joue *OEdipe*, *Oreste*, *Néron*, *Manlius*, etc. ? tous ces rôles commençent-ils par des coups de foudre? doit-il être véhément et tragique lorsque le personnage lui défend de l'être? C'est par cette habileté savante à saisir le véritable esprit de la tragédie, c'est par cet art ingénieux de nuancer un rôle, que je trouve Talma si beau, si admirable. Peut-on voiler mieux que lui les défauts d'un ouvrage dramatique? Voyez-le jouer *Macbeth*. Dans les trois premiers actes de la tragédie de ce nom, qui sont infiniment supérieurs aux deux autres, Talma tempère l'impulsion de son talent et ne s'y abandonne entièrement que pour la partie faible de l'ouvrage, de sorte que la pièce paraît soutenue d'un bout à l'autre et offre un ensemble parfait au grand nombre des spectateurs. Je ne parle pas de son jeu de physionomie; on sait qu'il n'a, sous ce rapport, que des admirateurs.

Vous soutenez que Lafon lui est supérieur dans *Rodrigue*, *Tancrède*, *Achille*, *Zamore*, *Gengis*, *Orosmane*. Je vous abandonne *Rodrigue* et *Tancrède*, mais je soutiens à mon tour que Talma joue avec plus d'énergie et de vérité les quatre derniers rôles que j'ai cités. J'ai vu souvent Talma et Lafon dans *Achille*. Le dernier de ces acteurs *bredouille* presque toujours. Il est exagéré sans être véhément; et, dans la belle scène avec Agamemnon, ce n'est plus qu'un capitan des bords de la Garonne qui, sur les rives de l'Aulide, propose fièrement une partie de fleurets au roi des rois. Talma joue cette scène d'une manière admirable. Tour à tour fier et véhément, il donne aux sentimens d'Achille un ton de grandeur et de vérité qui entraîne tous les suffrages. Dans une autre scène, que ces mots *Votre fille vivra*, qui ne sont d'aucun effet dans la touche de Lafon, sont sublimes dans la sienne! Quoique je trouve Talma supérieur à Lafon dans ce rôle, je ne prétends pas affirmer qu'il y soit parfait. En général il n'y est pas assez *franc*; sa diction est quelquefois trop mesurée, trop pesante, et plusieurs morceaux ne sont pas rendus avec assez de noblesse. Néanmoins je lui conseille de continuer à jouer ce rôle : il y obtiendra toujours de nombreux applaudissemens, et remplira mieux la salle qu'Achille-Lafon.

Je suis fâché, Monsieur, de n'être point de votre avis; je suis fâché de même que vous ne soyez pas heureux en comparaisons. Lekain n'est pas plus *Michel-Ange* que Talma n'est *Rembrandt*. En retournant la comparaison, vous eussiez eu plutôt raison. Vous ne devez pas ignorer le goût de Talma pour l'antique; vous ne devez pas ignorer que c'est à ses recherches profondes dans l'histoire, qu'on doit cette sévérité de costume qui s'observe depuis vingt ans sur la scène française, et vous le comparez à *Rembrandt* qui ne s'occupait pas plus de la vérité du costume et de l'étude de l'antique que vous ne vous occupez à rendre justice aux talens! quel effort de génie!

Je ne veux pas établir de comparaison entre Lekain et Talma : la matière est trop usée. D'ailleurs les vieillards m'en voudraient et les jeunes gens ne pourraient point me défendre. Il me suffira de dire qu'on critiquait Lekain, lorsqu'il était en vie, tout comme on critique aujourd'hui Talma. Je suis bien sûr qu'à la mort de notre grand tragédien on ne se fera pas scrupule de le placer à côté de son prédécesseur.

« C'est du sein des tombeaux que s'élève la gloire. »
MOLLEVAULT.

Vous n'êtes point content de cet arrangement, Monsieur, d'autant plus que Lekain allait dîner, tous les dimanches, chez M. votre père; c'est un grand honneur que M. votre père daignait faire à cet acteur célèbre, et il devait lui trouver bien du mérite. C'est dommage que vous ne puissiez pas aller dîner tous les dimanches chez Talma : son talent y gagnerait beaucoup, et Lekain ne retirerait plus de si grands avantages des dîners de M. votre père.

Vous cesseriez de faire entendre que Victor fit oublier Talma dans le rôle d'*Hamlet*. Pour première preuve, vous commencez par dire qu'il l'a joué, le lendemain du départ de cet acteur. Permettez-moi de vous dire que votre érudition est en défaut. Il est de fait certain qu'il n'a paru dans Hamlet que huit ou dix jours après le départ de Talma, et que cet essai mémorable fut éclairé des rayons d'un beau dimanche. Il n'y avait pas sans doute ce jour-là au Théâtre-Français de *stupides vulgaires*. Vous assurez que beaucoup de personnes n'ont été voir Victor que dans l'intention de le siffler et qu'il l'applaudirent à se casser les bras. Ce serait un prodige qui ferait pendre Victor, si l'on châtiait encore les sorciers comme au quatorzième et quinzième siècles. Quant à moi, je crois tout bonnement que Victor ne s'est point donné la peine de recourir aux sortiléges, et qu'il arma plus d'amis en sa faveur qu'il ne désarma d'ennemis.

Je ne doute point qu'il n'ait électrisé les têtes flamandes, ce n'est pas un miracle ; mais il n'a pas encore électrisé les têtes parisiennes. Pour obtenir ce nouveau triomphe, il a de sérieuses études à faire. Les connaisseurs l'ont jugé : il donne des espérances et rien le plus. Qu'il ne s'opiniâtre point à se traîner sur les traces de notre premier tragédien : il y bronchera presque toujours. La nature de son talent ne l'appelle point à développer les idées profondes et sublimes de la haute tragédie. Qu'il se livre à l'étude de ces rôles chevaleresques et héroïques, où dominent la délicatesse des pensées et la noblesse des sentimens. J'ose lui prédire de grands succès dans *Bayard*, *Tancrède*, *Warwick*, *Rodrigue*, etc.; et qu'il se pénètre de ces vers de La Fontaine :

« Ne forçons point notre talent,
« Nous ne ferions rien avec grâce. »

Ne découragez point Michelot : c'est un acteur très-précieux. Il a une fort bonne école de déclamation, et se donne toutes les peines possibles pour former des sujets capables de remplacer un jour Talma, St.-Prix et Lafon. Le public ne saurait trop l'applaudir... pour un zèle si louable.

Je suis fâché que vous traitiez si impitoyablement *le tyran Desmousseaux*. C'est *un bon enfant* qui n'est point malicieux. Il n'a jamais fait de mal à personne, et je suis persuadé qu'il ne vous a point causé la moindre égratignure. N'écoutez pas une injuste prévention : rendez-lui vos bonnes grâces. Amenez-lui ces enfans dont vous parlez dans votre livre ; il s'efforcera, n'en doutez point, de mériter leur approbation. Je recommande encore à votre bonté Faure, Cartigny, Firmin, ainsi que mesdames St.-Fal, Mars aînée,

Devin, Lili, etc. Quant à mademoiselle Demerson, elle mérite une petite correction ; elle croit toujours avoir affaire à des sourds, et cependant ceux qui vont l'admirer ont de bonnes oreilles. Si elle n'adoucit point l'éclat de sa voix, nous serons obligés de nous boucher les nôtres pour l'écouter.

Vous pouviez louer en toute sûreté Fleury et St.-Prix ; l'un est mort pour le siècle présent et l'autre va bientôt l'être.

Si Baptiste aîné veut se donner la peine d'ouvrir les yeux et accélérer un peu le mouvement de sa langue paresseuse, il jouera avec beaucoup de dignité les rôles de grand-prêtre.

Vous vous plaignez de rencontrer partout Damas, au tragique, au comique : ah ! Monsieur, votre érudition est encore en défaut. Depuis long-temps cet acteur laborieux a déchaussé le cothurne, et se borne aux rôles de comédie, dans lesquels il fait assez de plaisir, malgré sa *petite voix flûtée et son hoquet*.

Si mademoiselle Mars n'a point l'art de vous plaire, il faut convenir qu'il est difficile de parvenir à cet immortel honneur. Pensez-vous diminuer le mérite de cette aimable actrice, en osant en parler avec une indécence et une dérision qui prouvent toute la partialité qui dirige vos jugemens contre elle. Vous lui reprochez de la sécheresse et de la froideur : elle peut être sèche et froide avec vous, ce qui n'est pas un crime et ne vous autorise point à la punir ; comme si c'en était un. Mademoiselle Leverd a le malheur d'obtenir vos suffrages : vous la louez de manière à lui faire croire qu'elle est infiniment au-dessus de mademoiselle Mars : ce qu'elle ne croira jamais. Mademoiselle Leverd sait bien qu'elle a du talent, et que mademoiselle Mars en a un peu plus qu'elle. Elle joue parfaitement dans trois rôles, et sa rivale en a vingt dont elle s'acquitte à ravir. Madame *Patin* fait résonner un petit grasseyement qui ne plaît pas à tout le monde. Elle a plus d'abandon, plus de chaleur, plus de grâce peut-être que *Célimène*; mais elle n'a point sa finesse, son naturel, sa piquante légèreté; elle n'a point l'art de saisir l'esprit et l'ensemble d'un rôle avec autant d'intelligence que la *coquette ingénue*. Cependant je suis loin d'accuser de mauvaise foi ou d'ignorance ceux qui la préfèrent à mademoiselle Mars, pourvu que ces messieurs parlent avec décence et respect du talent de cette dernière actrice, et qu'ils n'aient point à exercer contre elle de petites vengeances particulières.

Vous vous plaignez, Monsieur, du *vilain coton* que mademoiselle Mars a jeté dans l'*Intrigante*. Permettez-moi de croire que cette actrice ne s'amuse point à jeter du coton au nez des gens; elle ne vend point de denrées coloniales, et ce commerce n'est pas non plus dans les attributions de mademoiselle Leverd. Si vous tenez à avoir de *beau coton*, il ne faut pas vous adresser au Théâtre-Français; votre femme de chambre vous indiquera un magasin *ad hoc*. Mesdemoiselles Mars et Leverd vous sauront mauvais gré d'avoir imaginé qu'elles jetaient du coton sur la scène; cela seul suffirait pour vous brouiller avec la dernière, si vos louanges ne l'avaient déjà mise en fureur. Quant à moi, je prie très-humblement mademoiselle Leverd de ne point se fâcher de mon petit jugement qui ne tire pas à conséquence : quoique je lui préfère mademoiselle Mars, je ne la trouve pas moins charmante, admirable, et digne de lutter avec elle.

En passant à mademoiselle Rose Dupuis, vous ne trouverez peut-être pas ma transition fort bonne. Vous assurez que c'est une personne très-sage et très-discrète : en vérité c'est dommage pour les amateurs; elle peut se glorifier d'être une actrice inimitable. Mademoiselle Bourgoin n'aspire point à cet excès d'honneur. Toujours vive et gentille dans la comédie, elle arrose de larmes trop abondantes le poignard de Melpomène : elle est faite pour semer des roses, qu'elle ne s'habitue pas à verser des pavots. Elle devrait savoir que les dames grecques portaient le deuil en blanc, et qu'*Andromaque*, enharnachée de gaze noire, ressemble trop à une coquette de Paris qui prie le ciel de laisser reposer en paix son mari dans l'autre monde. Je sais que le noir va fort bien aux femmes, et qu'on pleure très-gracieusement un époux avec cet emblème de la mort; mais les dames grecques étaient assez sottes pour ne pas le savoir; et lorsque mademoiselle Bourgoin se trouve dans le palais de *Pyrrhus-Michelot*, elle est nécessairement Phrygienne et femme d'Hector. Qu'elle se conforme donc aux usages de la Grèce : elle n'y perdra rien d'ailleurs; elle est assez jolie pour mettre du blanc.

Mademoiselle Volnais fait aussi une grande dépense de larmes, et pourtant son embonpoint n'en souffre pas : cette actrice est fort laborieuse et mérite d'être encouragée. Elle vous en voudra beaucoup sans doute. Quoi! vous voulez dejà la confiner dans ses terres! Un moment, Monsieur! laissez-la donc grandir; laissez-lui mettre un peu sa jeunesse à profit, avant de la séparer du monde.

Après avoir lu votre opinion sur les artistes du Théâtre-Français, je m'attendais à trouver dans votre livre un examen critique et *impartial* de l'administration de ce théâtre : vous aviez un esprit d'observation assez fin et assez juste pour le faire avec succès. Il fallait nous dire pourquoi messieurs les comédiens faisaient des voyages si longs et si fréquens; pourquoi ils sont si sujets aux rhumes et aux maux de gorge; pour quelle raison leur répertoire est si borné, et quel motif les empêche de jouer plus souvent des pièces nouvelles. Vous auriez résolu facilement ce problème, en disant d'abord que ces messieurs aiment un peu trop l'argent et pas assez le travail, et vous leur eussiez prouvé clairement qu'en travaillant davantage il leur était aisé de remplir leur coffre-fort sans quitter le théâtre de leur gloire. Le public n'est-il point fatigué de ces longues absences, préjudiciables à ses plaisirs? N'est-il point fatigué de voir continuellement sur l'affiche : *Iphigénie*, *Mérope*, *Britannicus*, *le Cid*,

Zaïre, et cinq ou six autres pièces, toutes tragédies excellentes à la vérité, mais que les gens de lettres et la plupart de ceux qui fréquentent la Comédie française savent par cœur? Il est beaucoup de pièces intéressantes, parmi lesquelles il s'en trouve de fort bonnes, qu'on peut mettre au courant du répertoire : *Bajazet*, *Bérénice*, *Oreste* (de Voltaire), *Électre* (de Crébillon), *la Mort de César*, *Inès de Castro*, *Spartacus*, *Hypermnestre*, etc., seraient revus avec plaisir par le public. Au lieu de jouer par an une ou deux tragédies nouvelles, que les comédiens en jouent quatre; qu'ils fassent un meilleur accueil aux gens de lettres; qu'ils jugent sans prévention les essais des jeunes auteurs; qu'ils encouragent le génie naissant, car ils savent bien que les vieux génies sont rares, et que le peu qui nous en reste commence à broncher et à faillir. S'ils en avaient usé de la sorte, ils auraient mieux concilié leurs intérêts; les pièces nouvelles ne moisiraient point dans leurs cartons, et un grand poëte peut-être ferait honneur à son siècle.

Corneille, Racine et Voltaire eussent-ils produit tant de tragédies immortelles, s'ils avaient dû attendre dix ou douze ans pour voir la représentation d'une de leurs pièces? Non, sans doute; le public serait privé de la plus belle partie de leurs ouvrages : *Cinna*, *Mérope*, *Iphigénie* eussent germé inutilement dans l'esprit de leurs sublimes auteurs. Sans atteindre à la perfection où ces grands maîtres l'ont porté, l'art des Sophocle peut briller encore d'un nouvel éclat en

France. Que la négligence des comédiens n'entrave plus la marche des auteurs : si quelque nouveau génie s'annonce, qu'il puisse s'élancer librement dans la carrière! qu'un second Théâtre-Français soit créé! La voix de la France littéraire le demande, et ne sera point en vain écoutée. Une commission, composée d'estimables académiciens, vient de terminer, à ce sujet, un travail important qu'elle a présenté à Son Excellence le ministre de l'intérieur. Que messieurs les comédiens ne se plaignent point des dispositions du plan qu'on adoptera ; ce sont eux qui ont provoqué ces mesures extraordinaires ; la concurrence les forcera enfin au travail et à un plus profond respect pour les plaisirs du public.

Vous auriez pu dire un mot sur tout cela, Monsieur, et bien que la matière soit un peu usée, vous avez tant de ressources dans l'esprit, que les idées neuves, les développemens philosophiques, les aperçus fins et ingénieux eussent abondé sous votre plume. Vous avez craint, peut-être, qu'un pareil travail ne ternît le brillant de vos critiques sur le mérite personnel des comédiens, et n'empêchât le nez de M. Marchand d'obtenir une mention honorable. Vous pouviez vous tranquilliser là-dessus : en sacrifiant quelques citations, vous eussiez donné une place à tout dans votre livre, et concilié facilement les idées neuves et hardies avec vos réflexions sur le nez de M. Marchand et le mérite de la *maussade* Duchesnois. Vous connaissez le proverbe : *Labor omnia vincit;* on aurait dit de vous, *Ingenium omnia vincit.* L'hémistiche n'est plus si harmonieux, mais le sens est toujours beau, c'est l'essentiel.

Vous n'avez rien dit du théâtre de l'Odéon, sinon que vous vous promeniez quelquefois vis-à-vis en soupirant, et que vous vous rappeliez lamentablement que c'était autrefois là que brillaient les grands talens dévoués à vos plaisirs. Vous avez eu tort cependant de garder un *tacet* injurieux sur Clozel, Perroud et mademoiselle Délia. Vous pouviez, sans vous compromettre, leur accorder une mention honorable. Le nez de M. Marchand a bien obtenu vos hommages. On ne peut attribuer cette omission condamnable qu'à votre impatience d'attaquer l'Académie royale de musique.

Comme vous le faites observer, ce théâtre, depuis cinquante ans, est singulièrement changé. L'art des décorations y a été porté à une perfection étonnante. Ces coulisses qu'on faisait glisser avec la main; ces palais, ces jardins, ces forêts qu'on venait clouer à grand bruit sur le théâtre, assujettis maintenant au plus ingénieux mécanisme, naissent au premier coup de sifflet, comme au pays imaginaire des fées. Vous vous moquez, avec raison, du temps où quatre garçons de théâtre, habillés en *amours*, venaient s'emparer du beau Renaud, endormi sur un banc bien solide, et le faisaient rouler dans les coulisses avec beaucoup de peine, et quelquefois au moyen de quelques leviers qui ne ressemblaient pas trop aux flèches de Cupidon.

L'enlèvement de Renaud offre aujourd'hui un tout autre spectacle, mais laisse encore beaucoup à désirer : toutes ces guirlandes descendent trop symétriquement; les jambes et les bras des amours ont trop de ressemblance avec quelque chose qu'on fabrique fort bien à Lyon, Renaud ne s'élève pas assez légèrement dans les airs.

Ce tableau devrait être refait, et vous a beaucoup trop enthousiasmé; la toile en est usée et les couleurs flétries. En général, toutes les décorations d'Armide devraient passer dans le magasin, et n'en point sortir; elles comptent assez d'années de service, pour céder la place à d'autres. Les nouvelles qu'on y substituerait seraient beaucoup mieux faites; les peintres décorateurs en savent plus que leurs prédécesseurs; et on peut dire avec raison qu'ils ont atteint la perfection de leur art. L'Opéra, comme vous le dites, est sans doute le premier théâtre de l'Europe, et l'emporte infiniment sur le grand théâtre de Londres; mais, sur ce premier théâtre de l'Europe, devrait-on voir se renouveler assez fréquemment des accidens fâcheux qui semblent déceler quelque vices dans l'organisation de son mécanisme compliqué. Une danseuse fait les beaux bras, danse avec grâce un pas de *deux*, fait une pirouette, et voilà qu'un palais ou un nuage lui tombe sur le corps, et l'envoie dans son lit pour six semaines avec un bras ou une jambe estropiée.

Vos jugemens sur les acteurs de l'Opéra sont assez justes ou du-moins se conforment à quelques-unes de mes opinions. La voix de Lays s'en va *in morendo* dans l'autre monde. Le physique de cet acteur n'est pas assez noble, il est vrai; mais ce n'est point une raison pour qu'il ne remplisse pas avec succès les rôles nobles. Le public voudrait-il voir un autre acteur que *Lays* dans le rôle de *Thésée?* Il devrait selon vous se borner à jouer les *rôles à tablier*, comme on dit vulgairement. *Le Devin de Village*, le *Rossignol*, les *Prétendus* et autres pièces de ce genre sont les seules où il lui serait avantageux de paraître; et cependant ces pièces sont par vous frappées d'anathême. Vous assurez qu'elles sont indignes de l'Opéra, que Rousseau a eu beaucoup de peine à faire représenter son *Devin*, qu'on n'a reçu le *Rossignol* qu'à regret, et qu'à l'avenir on ne jouera plus de pareilles bluettes. En rapprochant toutes ces réflexions qu'il est bien difficile de concilier, il faut en conclure que Lays n'a que faire à l'Opéra, et qu'il doit se retirer dans ses terres.

Derivis a du jeu, et, comme chanteur, a droit encore à nos hommages. Nourrit, toujours bien portant, a une voix enchanteresse, et, s'il peut se frayer un chemin aux enfers, il fera plus de miracles qu'Orphée. Je n'en parle point comme acteur; quoique jeune encore, il est trop vieux pour le devenir. Quand je le vois représenter le personnage de *Polynice*, je ne crois pas voir le fils d'OEdipe qui est mort avec *Lainez*, et je n'espère point qu'il me le fasse revoir un jour. Lavigne a pris le bon parti; il s'est aperçu qu'on gagnait beaucoup d'argent à voyager, et il voyage. Sans s'embarrasser de messieurs les Parisiens, il a envoyé dernièrement sa démission à l'administration de l'Opéra. *Tantum* AURUM *potuit suadere malorum.* Madame Branchu poursuit toujours sa carrière avec gloire et courage; mais, à sa place, je me reposerais de mes fatigues à l'ombre de mes lauriers, et j'abandonnerais mon trône à madame Albert-Himn. Le peuple dansant ne cesse point de se distinguer: vous avez raison de dire qu'on n'a jamais fait tant de pirouettes et avec plus de grâce. Des critiques maussades prétendent que l'Académie royale de musique s'est transformée en académie royale de danse. Il est certain que la danse a le pas sur le chant; mais, en revanche, Euterpe et Polymnie font plus de bruit que Terpsichore. Au reste, je vous cède la parole pour répondre à ces critiques.

Je vous demande maintenant de quel droit vous venez insulter à la mémoire de Guillard? Quel mal vous a fait cet auteur, pour vous porter à dire qu'il avait impunément pillé une foule de vers à Ducis? Quoi! Guillard n'était pas assez riche de son propre fonds, pour ne pouvoir composer son *OEdipe* sans le secours des vers de Ducis? Où sont donc tous ces vers qu'il a pillés? Quelles voix l'accusent? L'auteur d'*Hamlet* a-t-il réclamé la restitution de ses richesses poétiques frauduleusement dérobées? Quand on hasarde une pareille assertion, ne faut-il pas l'appuyer des preuves les plus authentiques? Suffit-il au premier inconnu, qui s'arme d'une férule, de dire : Guillard a pillé Ducis? Vous ne bornez point là vos injures : vous dites fièrement, et d'un ton de maître, qu'*OEdipe à Colonne* n'est pas un opéra. Je ne suppose point que vous vouliez parler de la musique, qui me semble être une assez bonne musique d'opéra. Vous n'en voulez qu'au poëme, puisque vous n'en voulez qu'à Guillard. Quoi! parce que ce grand poëte a agrandi le domaine de la scène lyrique, parce qu'il a donné à l'opéra ce grandiose, ce ton de sublimité et d'énergie dont l'élégante poésie de Quinault n'avait point offert de modèle, parce qu'il s'est approprié les beautés simples et sévères de la tragédie grecque, parce qu'ami de la raison et du bon goût, il a dédaigné d'escorter ses ouvrages de ces groupes de passions personnifiées, de diables, de furies qui amusent tant les vieilles et les enfans, Guillard ne sait point faire d'opéras! *OEdipe* n'est pas un opéra! Ah! Monsieur, insultez un peu moins au génie créateur de Guillard : souvenez-vous qu'à la première représentation d'*Iphigénie en Tauride* (premier opéra de Guillard), la salle retentit d'acclamations. La poésie de Guillard étonna plus, fit plus d'impression que la musique de Gluck; et Gluck est sublime! De quels éloges ne couvrit-on point le poëte que vous calomniez, à l'apparition d'*OEdipe!* On ne savait comment lui exprimer son admiration. On ne pouvait revenir de sa surprise en le voyant s'élever, se surpasser dans un genre qu'il avait créé, et dans lequel on ne croyait pas qu'il pût se soutenir. Depuis trente ans, on ne se lasse point de voir *OEdipe ;* cet opéra de jour en jour brille d'une gloire nouvelle, et vous dites qu'*OEdipe* n'est pas un opéra! Vous regrettez sans doute les diables et les furies qui furent exclus de ce chef-d'œuvre : patience! vous ne les regretterez pas toujours.

Après avoir outragé Guillard, vous ne trouvez rien de mieux que d'attaquer celui qui marche sur ses traces. C'est tout naturel : M. de Jouy doit attraper quelque éclaboussure. Comme son ingénieux modèle, il est accusé de plagiat. Vous assurez que sa *Vestale* est revêtue des dépouilles de la tragédie de Fontanelle. Cette production n'est plus guères connue que de vous. Sa froideur et le vide d'action l'ont condamnée à l'oubli. La *Vestale* de M. de Jouy aura droit à notre estime, et vivra sur la scène aussi long-temps que l'art dramatique et la belle poésie seront en honneur. Si Fontanelle a donné à M. de Jouy l'idée et les principales situations de la *Vestale*, c'est un don qui vaut mieux que ses richesses. Il n'est point permis de blâmer un grand sculpteur d'avoir fait un bel ouvrage d'une statue informe. Ce n'est pas tout : vous dites que l'idée du voile noir, que vous trouvez admirable, appartient à M. Spontini. Si ce célèbre compositeur a fait quelque présent à M. de Jouy, celui de sa musique est, sans contredit, le plus beau dont il l'ait gratifié, et celui de M. de Jouy se souciait davantage. L'histoire d'un voile noir était trop peu de chose pour être rapportée, et marque trop l'extrême désir qu'on a d'abaisser le mérite. Un bon critique ne s'appesantit point sur de pareilles minuties.

Je suis surpris que vous cherchiez à égratigner M. Vigée. de poëte fort aimable n'a rien de commun avec MM. Guillard et de Jouy. Il a composé, à la vérité, un opéra, une *Princesse de Babylone*, qui ne ressemble pas à celle de Voltaire. On lui en fait un trop grand crime, et 'on ne châtie pas assez M. Kreutzer qui en est un peu plus que le complice. La musique que ce compositeur a brodée sur la poésie de M. Vigée, est une de ses plus faibles productions. Elle est vague, sans effet, indigne de l'auteur d'*Aristippe* et de *Lodoïska*. M. Kreutzer n'a pas bien fait, et M. Vigée pouvait mieux faire.

C'est à tort que vous nommez ce dernier *poëte énervé*. En vous faisant observer l'indécence d'une pareille expression, je vous prouverai qu'elle n'est point juste et que M. Vigée jouit encore de toutes ses facultés nerveuses et musculaires. Donnez-vous la peine d'ouvrir l'*Almanach des Muses* qui n'est guères approuvé par elles, vous y verrez cinq ou six épigrammes, décochées avec beaucoup de force et d'adresse contre l'Académie française. Ce respectable corps peut se venger, dénigrer la *Princesse de Babylone*, s'endormir en lisant les poésies de M. Vigée : c'est même son devoir ; il lui a refusé le fauteuil. Mais vous, qui n'êtes point de l'Académie, selon toutes les apparences; vous, que M. Vigée n'a jamais effleuré du moindre trait épigrammatique, pouvez-vous bonnement insulter à sa gloire ? Ne devriez-vous point plutôt, en bon frère, le consoler dans son malheur, et lui donner un coup de main, pour l'aider à briser les portes rebelles de l'Institut ? Tout en servant sa cause, vous serviriez la vôtre : car, à ce qu'il paraît, vos ennemis sont fort nombreux à l'Académie française. Vous pourriez soutenir, à la face de M. Étienne, les armes à la main, qu'il est incapable de faire quelque chose de *noble et de grand*. En vain se couvrirait-il de *ses Deux Gendres*, en vain ferait-il agir l'*Intrigante*, vous avanceriez toujours, en poussant hardiment vos argumens, et en déclarant, plutôt dix fois qu'une, que sa poésie est ignoble, et *que vous ne sortez pas de là*. Cependant, avant d'en venir à cet acte d'énergie, je vous conseillerais d'effacer de votre livre deux vers de M. Étienne, que vous avez cités comme proverbe, et qui sont assez nobles. Vous sentez que cette citation vous mettrait en contradiction avec vous-même, et que ce serait apporter contre vous des armes et des preuves d'un peu d'injustice : car, à tout prendre, M. Étienne ne mérite pas tout le mal que vous lui voulez. Il a assez de talent, et vous devriez bien lui pardonner quelques écarts, en considération des services qu'il rend à M. Nicolo que vous honorez de votre estime. Il est très-coupable à vos yeux d'avoir confié son *Rossignol* à M. Lebrun ; je le sais. Eh bien ! tombez sur le *Rossignol* ; épluchez-le, déplumez-le si vous pouvez ; dites qu'il est mal écrit, et, pour le prouver, renvoyez-nous à votre style ;

Dites que la musique ne vaut pas mieux que le poëme, que M. Lebrun n'entend rien au chant du *Rossignol* : le public ne sera pas de votre avis ; mais c'est égal, vous n'écrivez pas pour le public. Quant à moi, je me rangerai du côté le plus fort, et je vous avouerai franchement que le *Rossignol* est un petit opéra qui me plaît beaucoup : des scènes piquantes, de jolis détails, une musique vive et légère suffisent pour me séduire. Je ne suis pas aussi grand connaisseur que vous ; néanmoins je crois me mieux connaître en *rossignols*. Assurer que les airs de M. Lebrun ne ressemblent en rien à la voix du chantre des forêts, c'est parler en homme qui n'a jamais entendu ce chantre aimable. Moi qui habite, une grande partie de l'année, les bois et les jardins, j'affirme que les airs de M. Lebrun, modulés sur la flûte avec tant de charme, imitent, avec toute la vérité qu'on peut exiger de l'art, les chants brillans et expressifs de Philomèle. J'affirme aussi que tous les campagnards qui vont à l'Opéra sont de mon avis.

Il serait bien triste que vous fussiez directeur de ce théâtre : vous mettriez de suite au rebut ce charmant *Rossignol* et le *Devin du Village*. Ces bluettes sont indignes de la majesté du genre lyrique. Vous voudriez qu'on pleurât toujours, qu'on fût toujours en enfer avec Tantale et les Danaïdes. Ceci est bon pour les pécheurs, et peut vous accommoder ; mais les honnêtes gens ne s'en accommodent point. Après avoir pleuré avec OEdipe et partagé les fureurs d'Armide, ils ne sont pas fâchés d'éprouver des sensations plus douces. Quelques ingénieuses pastorales, représentées à propos, varient la monotonie du répertoire des opéras sérieux; et, loin de leur être inutiles ou préjudiciables, elles en relèvent, par un contraste agréable, les beautés sublimes et sévères. Entre la flûte et le hautbois, la harpe en paraît bien plus majestueuse. Qui trouvera que les *Géorgiques* sont déplacées à côté de l'*Énéide?* Les Italiens n'ont-ils point leur opéra séria et buffa? Pourquoi n'admettrait-on qu'un seul genre à l'Académie royale de musique? Ne dort-on pas assez à l'Opéra, sans provoquer le sommeil par l'uniformité la plus soporifique? Ignorez-vous ce vers de *Lamothe* :

« L'ennui naquit un jour de l'uniformité. »

Citez-moi un seul de nos grands théâtres où l'art n'ait qu'une voie pour nous plaire et nous émouvoir? Le Théâtre-Français n'est-il que sous l'empire de Melpomène? Feydeau où vous voudriez qu'on reléguât le *Rossignol, le Devin du Village, les Prétendus*, etc., n'offre-t-il point tous les jours des pièces d'un genre qui diffère de caractère et de couleur? Après y avoir représenté *Joconde, Cendrillon, le Calife, le Nouveau Seigneur*, les comédiens se font-ils scrupule de jouer *Joseph, Coradin, Stratonice, Lodoïska, Roméo et Juliette?* Ces pièces, par le style élevé de la musique et la couleur sombre du poëme, n'appartiendraient-elles pas de droit à l'Opéra, s'il fallait que l'uniformité régnât sur un théâtre? Croyez-moi, Monsieur, laissez chanter en paix le *Rossignol*. Si sa cage est un peu grande, il y sera plus à l'aise. Ne conseillez pas à l'administration de ce théâtre de refuser à l'avenir de si jolies pièces; car elle se trouverait fort mal de vos conseils, si elle avait la faiblesse de les suivre.

Vos jugemens sur la musique et les compositeurs sont presque aussi étonnans que ceux que vous portez sur la littérature, les auteurs et les comédiens. Il paraît que vous êtes partisan des basses et des trombonnes. Avec cela il vous est facile de faire beaucoup de bruit dans le monde, et vous pourrez vous illustrer par quelques coups d'éclat, si vous voulez avoir un peu d'affection pour le canon, à l'exemple de *M. Becquart*. Vous allez m'anathématiser, j'en suis sûr : peu m'importe, je vous avouerai franchement qu'une petite chanterelle fait sur moi plus d'impression que la réunion de tous les instrumens sonores dont vous vantez les charmes. Cette musique savante, chromatique, inintelligible pour le cœur, n'est pas pour moi de la musique savante. L'air le plus simple, s'il porte à l'ame, me paraît un plus grand effort de l'art que cet accord compliqué de notes ennemies qui s'accumulent les unes sur les autres. L'harmonie n'est que la sœur cadette de la mélodie, et doit obéir à son aînée. L'excellente musique ne peut subsister sans l'une ni l'autre. Combien de compositeurs en réputation qui ne visaient qu'à l'harmonie n'en ont offert que l'exagération vicieuse dans leurs productions chromatiques ! Croient-ils la produire par une pénible combinaison de notes formées sur l'échelle de leur système musical ? Croient-ils que la véritable harmonie n'est qu'un bruit uniforme où des sons se coïncident tristement ensemble ?

Les noms de MM. Chérubini et Lesueur ne sont pas sur l'affiche un aimant bien puissant pour m'attirer à l'Opéra. Quoique je leur reconnaisse un grand mérite, je ne leur trouve point les qualités nécessaires au grand compositeur. Ils font de la musique savante, si vous le voulez ; ils plaisent à quelques savans en musique, comme à vous, par exemple ; j'en demeure d'accord ; mais sur cette matière :

« Ne plaire qu'au savant, c'est ne plaire à personne. »

Je n'ai jamais pu digérer jusqu'au bout les *Bardes* et *les Abencerrages.* Pour quelques morceaux réellement beaux, que de passages sans véritable harmonie, sans expression, sans couleur ! On n'entend continuellement que les basses qui font tous les frais de l'orchestre. Elles chantent, pour ainsi dire, et les violons accompagnent. Ceux-ci sont presque toujours dans un mouvement de doubles croches, ou dans le calme sourd des rondes et des blanches. Point de grâce pour une pauvre chanterelle : elle ne peut faire résonner le moindre petit accord. La basse et la trombonne ont usurpé son empire. Qu'on admire tant qu'on voudra les *Bardes* et les *Abencerrages;* ces pièces ne seront amais pour moi que de grandes sonates bruyantes qui étourdissent les oreilles et qui finissent par assoupir. J'étais cent fois tenté de dire, en entendant ces chefs-d'œuvre : *Sonate, que veux-tu ?*

S'il faut nommer un compositeur qui se sert admirablement du secours de l'harmonie dans ses partitions supérieurement écrites, c'est M. Spontini. Sa Vestale est un chef-d'œuvre par l'élévation et la richesse du style. Tout le second acte de cet opéra est d'un mouvement, d'une expression vraiment entraînante, et prouve que M. Spontini en l'écrivant, *comprenait son poëme*, qu'il composait avec son ame, et recevait les véritables inspirations du dieu de l'harmonie.

Il est triste que l'Institut n'ait point ouvert ses portes à ce grand compositeur. Si c'est à cause de son origine étrangère, cette raison n'existe plus : M. Spontini vient de recevoir des lettres de naturalisation de S. M. Espérons qu'à la première place vacante, l'Institut se fera l'*honneur* de l'admettre dans son sein.

Quel homme eût été plus digne de remplacer Méhul que M. Spontini ? La sorte d'analogie qui existe entre ses ouvrages et ceux de l'auteur d'*Euphrosine*, n'eût point rendu sa nomination discordante avec la raison et l'équité. M. Boieldieu lui a été préféré. C'est un compositeur fort aimable, et certes sans M. Spontini, personne ne méritait mieux que lui la place de Méhul.

Ses ouvrages ont fait souvent la fortune de Feydeau, et ce théâtre a plus besoin que jamais du secours de son talent : il se trouve dans un déplorable état de décadence. Le grand nombre des actrices ne rend pas moins sensible la disette des acteurs. Si, au moyen de vos vastes connaissances et des ressources de votre esprit, vous pouviez procurer à Feydeau un *Elleviou*, *un Solié , une basse-taille* et quelques autres petits talens de la même force , le public vous en aurait une bien grande obligation. Il ne serait plus privé d'une foule d'excellens ouvrages que les vers s'amusent à manger dans les cartons de la société de l'Opéra-comique. Cependant, pour lui rendre ce service, il n'exige point que vous vous moquiez de M. Chenard. Si cet acteur joue tous les jours , c'est qu'il aime le travail , et qu'il est assez humain pour épargner beaucoup de peine et de fatigue à ceux qui ont envie de le remplacer. On ne saurait trop louer un si beau zèle et un si grand amour du prochain.

Il se peut que mademoiselle Regnault , en arrivant à Paris, eut une méthode maniérée et provinciale ; mais elle n'en apportait pas moins sa belle voix qu'elle n'eût pu acquérir avec tous les maîtres et toutes les méthodes du conservatoire, si elle en avait été privée. Vous avez eu tort de rappeler un défaut dont elle s'est corrigée.

Ce serait un grand malheur que la perte de madame Gavaudan. Cette vive et gentille actrice est absolument nécessaire à Feydeau. Le public ne saurait se passer de *Margot , de la Rosière* et d'une foule d'autres mignonnes qu'elle représente avec tant de grâce. Malgré toutes vos craintes, j'espère fort qu'elle ne nous quittera pas, et qu'elle laissera jouir paisiblement M. Gavaudan à Bruxelles, pour le punir de l'avoir abandonnée. Madame Gavaudan est-elle d'ailleurs si étrangère aux mœurs et aux usages de la Capitale pour ne pouvoir oublier un mari ? J'ai meilleure opinion d'elle, et je suis tranquille sur le compte de M. Gavaudan. Mesdames Duret et Boulanger méritent de plus en plus les applaudissemens du public. Elles reçoivent tous les jours assez d'encens de messieurs les journalistes, sans qu'il soit besoin de leur donner ici quelques coups d'encensoir.

C'est en parlant de toutes ces dames, en vantant Paul comme un grand mécanicien, en couvrant Huet d'un grand nombre d'éloges que vous tombez impitoyablement sur Grétry. Tous ses opéras, selon vous, ne sont que des *opérettes*. Ceci prouve que vous avez quelque connaissance de la langue italienne, et une grosse rancune contre le pauvre *Liégeois*. Il me semble que *la Caravane, Panurge, Anacréon* sont un peu plus que des *opérettes*. Il me semble que le public ne se lasse pas de voir ces pièces; il me semble qu'il fallait savoir autre chose qu'accumuler des notes les unes sur les autres pour couvrir d'une bonne musique des poëmes aussi insipides que ceux de *Morel*, pour les rendre tolérables; que dis-je? pour faire croire qu'ils sont excellens. Quelle musique que celle d'*Anacréon!* quelle grâce! quelle fraîcheur! comme tout y porte l'empreinte de cette douce gaîté, de cette charmante philosophie qui animait le chantre de l'amour, des bois et des vergers! On se croit transporté dans Samos, on est ravi d'enthousiasme lorsqu'on entend cet air divin: *Dieu des combats*, etc.: point de basses bruyantes, point de trombonnes fredonnantes; une douce mélodie règne dans l'orchestre et l'harmonie se guide sur elle sans confusion et sans écarts. Il est impossible de pousser plus loin que dans cette pièce la magie du style. Il conserve jusqu'au bout de l'opéra ce caractère anacréontique qui produit l'illusion la plus vive. Les grands morceaux de Polycrate sont écrits d'une manière large et énergique, et font un beau contraste avec les charmans airs d'Anacréon. La vérité de l'expression ne se dément jamais. Toute cette musique se lie aux paroles et en retrace parfaitement l'esprit. Voilà le grand mérite de Grétry : il étudie, approfondit, sent un poëme, scrute dans l'ame de celui qui l'a composé, et l'on est presque toujours tenté de l'en croire l'auteur, tant sa musique en rend et caractérise admirablement les nuances et les couleurs. Voyez *la Caravane:* comme le style en diffère de celui d'*Anacréon!* Tour à tour léger, tendre, douloureux, il a une teinte orientale et respire cette mollesse voluptueuse qui règne à la cour des empereurs d'Asie. Quel air que celui-ci! *Zulime, c'est toi que j'adore:* comme il est simple, touchant, naturel! comme je le préfère à ces morceaux de *tintamarre* qui démontent la mâchoire d'un acteur, et qui font casser les grosses cordes argentées des contrebasses! Avez-vous été voir *Panurge?* N'admirez-vous point cet opéra? Ne croyez-vous pas être véritablement dans l'île des Lanternes? La musique de cette pièce ne ressemble ni à celle de la *Caravane*, ni à celle d'*Anacréon*, ni à aucune autre. Elle est tout-à-fait originale, et je la trouve d'autant plus belle, qu'elle fut inspirée à Grétry par le poëme le plus ridicule. Croyez-vous qu'un compositeur moderne, un de ceux que vous vantez, se fût acquitté de la commission de Morel aussi-bien que Grétry? Croyez-vous qu'il eut ajouté à sa réputation, en se hasardant à mettre en musique les sottises de *Panurge?* N'admirez-vous point cette variété de tons et de styles que sait prendre tour à tour le luth de l'immortel auteur du Sylvain? Quelqu'un peut-il lui être comparé sous ce rapport? Rassemblez tous les ouvrages d'un compositeur en *i* et en *o*, comparez-les, étudiez-en l'esprit et le caractère: vous verrez qu'ils semblent tous être formés dans le même moule; c'est partout le même ton, la même marche, le même système. Ces partitions sont quelquefois si dénuées d'expression, qu'on pourrait subsistuer des paroles d'un sens contraire à celles qui le sfirent naître. M. Jausserant, par un motif bien louable, donna dernièrement à Bordeaux une preuve du grand talent de Grétry dans l'art d'adapter parfaitement la musique aux paroles. Il jouait le rôle de *Blondel*, et au lieu de ces vers:

« O Richard, ô mon roi!
« L'univers t'abandonne, etc. »

il substitua :

> « O Louis, ô mon roi !
> « L'univers te *couronne*, etc. »

malgré la solennité de ces paroles, tout le monde se mit à rire, et on lui cria de toutes parts que *Grétry n'avait point composé de musique là-dessus.* Jausserant aurait mieux réussi, s'il avait eu affaire à un compositeur du jour.

Vous dites que Grétry est l'auteur des *opéras à ariettes*, et vous semblez lui en faire un crime : vous devriez au contraire lui en savoir bon gré. S'il a étendu la sphère de l'art qu'il cultivait, il a droit aux plus grands hommages. Il n'appartient qu'au génie de s'écarter des routes ordinaires, et de s'en ouvrir de nouvelles. Je ne crois pas que vous vouliez donner à penser que Grétry ne créa ce nouveau genre que parce qu'il était incapable d'atteindre à la hauteur et à la sévérité du grand opéra. *Anacréon*, *la Caravane*, *Panurge* et bien d'autres ouvrages déposeraient contre une opinion aussi injuste ; d'ailleurs, dans ces opéras que vous nommez *comédies à ariettes*, il se trouve des morceaux du plus haut style et de l'expression la plus touchante. L'air : *O Richard*, *ô mon roi !* et presque tous ceux de la pièce ne sont-ils pas empreints de cette véritable grandeur, de cette énergie qui constitue le haut style du genre ? Quelle noble expression dans les morceaux du Sylvain ! N'avez-vous point tressailli d'admiration et versé les larmes les plus abondantes en entendant ce fameux air de *Zémire et Azor: Ah! laissez-moi la pleurer.* Pour moi je ne pus l'écouter sans la plus vive émotion: j'avais peine à m'imaginer comment le génie eût acquis le pouvoir de former des accords si touchans, si mélodieux. Jamais le sentiment n'a parlé avec plus de force et de vérité. Il a fallu que Grétry reçût des inspirations bien vives, quand il écrivit ce morceau, chef-d'œuvre de la mélodie la plus suave et la plus expressive. Et c'est ce grand homme que vous vous efforcez d'avilir! C'est après avoir vanté M. Nicolo, que vous cherchez à le couvrir de ridicule! Quoi! vous poussez la maladresse jusqu'au point de dénigrer le grand maître, pour louer l'écolier, et vous croyez que vos préventions partiales ne se découvriront point dans toute leur grossièreté? Passe encore que vous vous extasiez sur MM. Chérubini et Boieldieu, malgré tout le ridicule de cette extase, après vos blasphèmes contre Grétry. Ces deux compositeurs ont droit à l'estime publique. L'un a fait *les Deux Journées* et *Lodoïska*, et l'autre est l'auteur du *Calife* et de quelques autres jolies productions. Mais M. Nicolo! Bon Dieu! que serait-il sans sa partition de Joconde? que serait-il sans les jolis poëmes de M. Étienne? que produirait sa malheureuse facilité sans le secours de cet aimable auteur? Donnez-lui à mettre en musique une *Fausse Magie*, un *Panurge*, un *Ami de la Maison*, etc., vous verrez du beau, du merveilleux, de l'admirable. Comme il tomberait de toute sa hauteur! comme ses lauriers se flétriraient! Il aurait un bien grand besoin de vos services pour ne pas descendre au niveau de M. *Bochsa*.

Non content de toucher à la gloire de Grétry, vous attaquez encore son caractère. Selon vous, c'était l'homme du monde le plus vain. Grétry! cet homme doux et spirituel qui ne passait jamais devant sa statue sans rougir et baisser les yeux; cet homme qui faisait le charme de ses amis et de tous ceux qui l'approchaient; cet homme qui se plaisait à rendre publiquement hommage aux compositions de Méhul; cet homme était d'une vanité révoltante: vous en donnez vous-même une preuve bien incontestable. A l'une des premières représentations de *Coradin*, à laquelle il assistait, il donna un grand coup de cuisse à son voisin, lorsqu'il entendit le fameux duo, et lui dit, en parlant de Méhul: *Cet homme va nous enterrer tous*. Quelle vanité de paroles! je crois bien qu'il ait tenu un langage aussi vain, mais croirai-je au coup de cuisse? Grétry connaissait assez les mœurs et les usages de la bonne compagnie, pour savoir qu'on ne donnait point de coup de cuisse à son voisin: quand bien même la chose lui serait arrivée par distraction ou par l'effroi que lui causait le talent de Méhul, comment auriez-vous pu le savoir, à moins que d'être le voisin martyrisé? Vous l'étiez sans doute, et c'est pour le coup de cuisse que vous dénigrez aujourd'hui l'auteur du Sylvain: que ne peut commander la vengeance! si vous n'étiez excité par elle, diriez-vous que la facture d'un opéra faisait tomber Grétry malade? lui qui fit plus d'opéras que dix compositeurs ensemble, lui dont la verve était si facile et si féconde, lui qui parvint à un âge si avancé, il était pleuritique, hypocondriaque, paralytique, goutteux, quand il devait composer un opéra! Je n'y croirai, Monsieur, que lorsque vous m'aurez prouvé qu'une bonne maladie fait éclore un chef-d'œuvre; et puis, si vous me donnez cette conviction, je vous prierai d'envoyer la faculté de médecine chez tous nos compositeurs et principalement chez MM. Catrufo et Bochsa.

Il est triste que Méhul n'ait pu profiter de sa dernière maladie pour enfanter un nouveau chef-d'œuvre. Il fut emporté par elle, et sa mort nous prive du plus beau soutien de l'empire du dieu de l'harmonie. C'était peut-être l'homme qui avait le plus étudié les compositions de Grétry, et celui qui pouvait le plus dignement nous consoler de la perte de ce grand maître. Il connaissait comme lui l'art difficile de *fondre* sa musique dans l'esprit et le caractère d'un poëme. Il écrivait avec son ame, le sentiment l'inspirait. Il s'attachait sans cesse à faire naître cette mélodie expressive qui parle au cœur, et il savait l'entourer de toutes les richesses de l'harmonie. Sa *Stratonice* est peut-être le plus bel opéra qu'on ait produit sur la scène : l'ouverture seule nous expose tout le sujet de la pièce. La douleur d'Antiochus, sa passion qu'il ne peut vaincre et qui le conduit au bord de la tombe, les alarmes d'un père, son amour, sa tendresse, tout s'y fait entendre du langage le plus vrai et le plus pathétique. A cette belle exposition succèdent des morceaux également admirables par la vérité de l'expression et la couleur du style. Le cœur est sans cesse ému, touché ; il est forcé de prendre part aux maux et à l'amour d'*Antiochus*, et de partager les alarmes de son père.

Grétry était assez modeste et avait un assez grand talent pour admirer *Stratonice*. Il en parlait avec les plus grands éloges, et se plaisait à citer comme un modèle de grandeur et d'énergie le fameux duo de *Coradin avec la comtesse*. Comment eût-il été jaloux et envieux d'un homme qui se faisait gloire de le suivre dans la route du sentiment? D'ailleurs n'avait-il point d'assez beaux titres qu'il pût opposer à ceux de Méhul ? Ce dernier compositeur l'emporte sans doute sur lui par l'élévation et la sévérité du style, et par la richesse de l'harmonie ; mais il n'avait point son ingénieuse facilité, il ne possédait point l'art de varier de tons et de couleurs comme l'auteur d'*Anacréon*. Voyez le petit nombre d'opéras *pour rire* qu'il nous a laissés : malgré les étincelles de génie qui y brillent, ces ouvrages laissent quelque chose à désirer et prouvent qu'en les faisant Méhul a forcé son talent sublime qui n'était appelé qu'au genre sérieux. Grétry est aussi admirable, aussi original dans sa *Fausse Magie* et dans *le Tableau parlant*, que dans *Richard* et dans *Zémire*. Cette flexibilité de talent balance grandement les avantages de *Méhul*, et doit peut-être lui assurer la prééminence sur cet illustre rival.

Je sais que vous attachez peu d'importance aux petites *opérettes* de *la Fausse Magie*, du *Tableau parlant*, etc. : vous dites qn'on peut faire un de ces opéra dans l'espace de temps qui sépare le déjeuner du dîner. Je suis étonné que vous n'ayez point assuré qu'on pouvait en fabriquer un entre *la poire et le fromage* : ce serait encore plus expéditif et plus agréable. D'où vient cependant que nos compositeurs n'entreprennent point une chose aussi facile ? Il leur serait infiniment glorieux et lucratif de produire en un an trois cent soixante - cinq opéras comme *la Fausse Magie*, et trois cent soixante-six dans l'année bissextile. Pourquoi M. Nicolo qui a tant de facilité ne tente-t-il pas ce moyen de gloire et de fortune ? Il aime assez l'une et l'autre pour cela. Je n'ignore point qu'il compose quelquefois de la musique en plantant des choux : eh bien ! il fera *le Tableau parlant* et mille autres bagatelles semblables en semant une planche de carottes ou de navets, et toujours *entre le déjeuner et le dîner*. Écrivez-lui donc *presto* et *con espressione*, pour le prier d'entreprendre un travail si facile. Peut-être même fera-t-il mieux que Grétry, en se laissant tomber quelquefois en syncope : vous en savez la raison.

Dalayrac est encore un de ces hommes vulgaires que vous reléguez dans les cartons avec le *pauvre Liégeois*. Bravo, Monsieur ! cet homme ne savait pas la musique : bravo, Monsieur ! ses partitions sont écrites avec expression et sentiment. Bagatelle que tout cela !

science d'écolier! il ne savait pas ce que voulait dire la grosse corde argentée de la contre-basse; il ignorait les beautés mélodieuses du chant de la trombonne et des trompettes; il poussait la bêtise jusqu'à croire que la musique devait plutôt parler à l'ame qu'aux oreilles! *Ignorantus, ignoranta, ignorantum.* Ah! Monsieur, comme il se serait corrigé, s'il avait eu le bonheur de vous connaître! Sa *Nina* n'aurait plus eu l'air d'une folle, vous l'eussiez rendue raisonnable.

Mais je vois que vous vous scandalisez de mes longues phrases sur ce sot homme. Point de colère; je me tais et je vous suis au Théâtre-Italien. *Qual furor! qual inferno!* vous vous débattez comme un possédé dans l'orchestre; vous menacez madame Catalani. Elle chante faux! vous criez au meurtre! on assassine une basse! on la réforme! Paësiello cède le pas à Puccita! M. Rosquellas chante et joue du violon tour à tour! vous donnez votre démission comme spectateur et auditeur au théâtre Favart! Ah! Monsieur, je ne m'y connais plus; je suis ébloui; je deviens sourd; prenez un peu de repos, ne faites point tant de vacarme et causons à l'aise et en pleine liberté d'esprit.

Vous voudriez qu'on chassât du Théâtre-Italien madame Catalani. Premièrement comme cantatrice, et secondement comme directrice, par la raison qu'elle chante faux, qu'elle n'est pas musicienne, et qu'elle dirige mal son administration. Pour vous faire écouter et obéir, vous n'avez qu'à prouver ce que vous dites : ce qui n'est pas très-difficile. Faites croire à tout Paris qu'il se trompe et qu'il admire sottement madame Catalani; persuadez aux souverains de l'Europe qu'ils ont tort de lui envoyer des médailles comme à feu M. de Voltaire; démontrez mathématiquement que l'Allemagne et l'Italie étaient ivres lorsqu'elles applaudirent cette mauvaise cantatrice; prouvez par *A* plus *B* qu'elle n'a point gagné de guinées en Angleterre, qu'on la mystifiait et qu'on la huait à Londres. J'ai déjà prouvé cela, vous écriez-vous. Il est vrai que, dans votre aimable livre, vous nous assurez très-poliment que madame Catalani ennuyait à Londres un nombreux auditoire, *en chantant toujours la même chanson;* que son mari lui cria des coulisses de chanter ses *variations de Rode;* qu'une personne complaisante de l'assemblée lui présenta un morceau qu'elle ne connaissait pas et l'invita à le chanter; qu'elle ne le chanta point, qu'elle rougit, baissa les yeux, fit rire tout le monde et qu'elle s'en retourna toute confuse à Paris le lendemain de cette mystification. Pour faire croire une pareille histoire, il fallait citer des autorités, et l'appuyer des preuves les plus authentiques. Comment voulez-vous qu'on ne la regarde point comme une calomnie? Comment voulez-vous qu'on croie sur sa parole, un homme qui ne se fait pas scrupule d'outrager Grétry, Dalayrac, M. Étienne, mademoiselle Duchesnois, mademoiselle Mars et autres talens dignes des hommages du public? Si cette mystification était réelle, aucun journal n'en eût-il parlé? Les journalistes sont-ils assez *benins* pour manquer de s'égayer sur pareille aventure? Si madame Catalani était assez peu musicienne pour ignorer les premières notions de son art, si elle chantait faux, ces mêmes journalistes n'en diraient-ils pas un mot dans leurs malicieuses feuilles? Pensez-vous réellement qu'il n'y ait que vous, dans tout Paris, qui soyez connaisseur en musique? Est-il possible de souscrire à vos jugemens, sur le mérite de madame Catalani, quand vous cherchez à noircir son caractère? Il n'est aucune personne qui ne se plaise à proclamer la bienfaisance de cette cantatrice, et vous niez sa bienfaisance. Vous niez qu'elle ait accueilli chez elle un enfant abandonné, et tous les journaux ont confirmé ce fait. Les journaux sont-ils donc ligués avec elle contre vous et le public? N'est-il point permis à madame Catalani de diriger à sa fantaisie l'administration de son théâtre, puisqu'elle s'en acquitte à la satisfaction des honnêtes gens? ne peut-elle le bien faire sans demander vos conseils? ne peut-elle réformer cinq ou six musiciens, si cette réforme est nécessaire au bien de ses intérêts? Sans doute il est fâcheux, pour ces musiciens, de devoir quitter un emploi, dont la privation les frustre d'une petite pension assez lucrative: je les plains bien sincèrement, et je vous prie même de leur faire de ma part des complimens de condoléance, car ils sont probablement vos amis. On ne peut mieux les venger que vous. La chaleur avec laquelle vous avez rempli les devoirs de l'amitié mérite les plus grands éloges:

on vous eût érigé un temple en Grèce pour cette bonne œuvre. Il est triste que nous ne soyons plus au siècle des Périclès.

Je ne doute pas que vos amis n'aient laissé un grand vide dans l'orchestre du théâtre Favart ; mais vous faites un trop beau sacrifice à l'amitié quand vous dites qu'on n'y fait plus que de la mauvaise musique : il y reste encore assez de talens pour en faire d'excellente.

Je crois sans peine que vous n'allez plus au Théâtre-Italien, vos amis en sont exclus. Vous regrettez le temps où ils brillaient à l'Odéon, lorsque l'opéra italien s'y jouait; vous regrettez le temps où madame Barilli y faisait retentir ses accens mélodieux : vous mettez cette cantatrice infiniment au-dessus de madame Catalani. Sa perte sans doute a laissé les plus vifs regrets aux amateurs de l'art, et à tous ceux qui savaient apprécier le charme d'une voix mélodieuse, touchante et expressive. Cependant il faut être injuste pour prétendre que madame Catalani ne soit pas digne de nous consoler d'elle : celle-ci balance, par de grands avantages, ceux que pouvait lui opposer l'*antique Philomèle de l'Italie.* La prodigieuse étendue de sa voix et son extrême facilité à se tirer des plus grandes difficultés ne sont point des qualités communes qui, d'ailleurs, n'excluent point en elle cette expression si précieuse, si nécessaire pour maîtriser et produire les émotions de l'ame. Il ne manque à madame Catalani que d'être bien secondée : c'est dommage qu'elle n'ait pu s'étayer de madame Mainvielle-Fœdor. Il serait ridicule de croire que madame Catalani n'ait point voulu de cette cantatrice parce qu'elle chantait bien : depuis long-temps madame Catalani ne craint plus de rivale. Madame Mainvielle-Fœdor était trop exigeante et il était impossible d'accéder à ses prétentions.

Si vous étiez directeur d'un spectacle, et qu'un acteur voulût vous faire payer son talent d'une somme de trente mille francs par année, quand vous ne devriez et ne pourriez lui en donner que quinze mille, engageriez-vous cet acteur? ne tâcheriez-vous pas d'en trouver un autre qui, avec un talent aussi remarquable, ferait valoir moins de prétentions ? N'est-ce point vers ce but que tendent tous les efforts de madame Catalani? ne cherche-t-elle pas tous les moyens de remplacer madame Mainvielle-Fœdor, et de peupler son théâtre de sujets distingués ? Trois ou quatre débutantes viennent de s'y montrer tour à tour; elle a fait venir de l'Italie M. Tramezzani sur la foi de sa grande réputation. Si ce tenor n'a pas répondu à l'attente du public, si sa renommée peu méritée a trompé madame Catalani, faut-il s'en prendre à cette célèbre cantatrice? un mauvais succès suffit-il pour autoriser qui que ce soit à décrier son zèle et la sagesse de son administration dont elle donne des preuves si convaincantes ?

Vous vous plaignez de ce que *Puccita* envahisse la scène italienne. On ne joue guère plus les ouvrages de ce compositeur que ceux de Paësiello, de Mozart, de Cimarosa : je suppose même que l'apparition des opéras de ces grands maîtres soit moins fréquente aujourd'hui qu'autrefois, qu'en pourrions-nous conclure? sinon que madame Catalani veut varier son répertoire. Elle sait que le plus beau chef-d'œuvre, représenté trop souvent, perd de son éclat et finit par ennuyer le public; et, comme elle ne cherche qu'à mériter ses applaudissemens, elle s'attache à varier ses plaisirs et à piquer sa curiosité par un tableau de nouveautés successives qui, sans être comparables aux chefs-d'œuvre des Mozart et des Paësiello, ne laissent point d'être fort agréables. Si madame Catalani suivait une autre route, et négligeait la représentation des pièces nouvelles, vous vous récrieriez contre son insouciance et sa paresse; vous l'accableriez des reproches qu'on adresse à la Comédie française; vous diriez qu'elle endort le public avec ses vieux opéras, et c'est ainsi que madame Catalani n'aurait jamais raison avec vous, quoiqu'elle l'aura toujours avec Paris et toute l'Europe : la prévention et la partialité sont aveugles, ou du moins n'ont qu'un œil qui voit tout d'un côté et rien de l'autre.

Je ne me suis pas attaché à développer mes idées sur le grand talent de madame Catalani; car ce talent est si généralement reconnu, qu'il est presque ridicule d'en faire l'apologie.

Je ne vous parlerai point, Monsieur, des acteurs ou chanteurs du théâtre Favart; je ne sais point ce que vous en avez dit et n'ai pas envie de le savoir. Je me suis arrêté à l'endroit remarquable de votre livre où vous outragiez l'*irréprochable* cantatrice; il m'a été impossible de lire plus long-temps un auteur qui n'observait aucune bienséance, qui sacrifiait tout à l'esprit de passion qui l'animait, qui se faisait gloire de mépriser des talens dont s'honore la France, et qui était assez peu courtois, assez injuste pour insulter et calomnier une femme de mérite à qui des souverains se plaisent à prodiguer des marques d'estime et d'admiration.

Vous saviez bien intérieurement que vous griffonniez une espèce de libelle; car, à plusieurs reprises, dans votre livre, vous témoignez la crainte de recevoir, des honnêtes gens, le nom de blasphémateur. Il est très-certain qu'on vous gratifiera de ce nom-là, et qu'il sera même accompagné de plusieurs autres tout aussi ronflans et honorables. Vous eussiez mieux fait de vous éviter tant de gloire, et s'il est vrai, comme vous le dites, que vous n'écriviez que pour un *demi-cercle d'amateurs*, il fallait ne point sortir de votre *demi-cercle*, et ne faire imprimer votre ouvrage qu'au nombre de cinq ou six exemplaires que vous eussiez distribués à chacun de ces *amateurs* dont vous cultivez sans doute l'amitié. En agissant de la sorte vous n'eussiez blessé personne, votre ouvrage n'eût point tombé dans des mains profanes et inutiles, et vos amis en eussent été plus contens. Permettez-moi, Monsieur, de finir cette lettre; il est temps..... que j'aille cultiver mon jardin.

FIN.

www.ingramcontent.com/pod-product-compliance
Lightning Source LLC
LaVergne TN
LVHW012001160826
845678LV00002B/654

9782329672922